我的中文老师高老师非常喜欢运动。

pái qiú、lán qiú、yǔ máo qiú、pīng pāng qiú、
排球、篮球、羽毛球、乒乓球、
wǎng qiú tā dōu dǎ de hěn hǎo,
网球他都打得很好,

连橄榄球、曲棍球和板球他都会。

有一天，上中文课的时候，

wǒ men xué xí tǐ yù yùn dòng zhè ge dān yuán
我们学习体育运动这个单元。

高老师说:"我很喜欢打羽毛球,而且羽毛球打得很好。"

他又说:"在咱们学校,我羽毛球打得最好,好像没有人能打得过我。"

wǒ men dōu xiào le　　bù xiāng xìn
我们都笑了，不相信，

jué de tā shì zài chuī niú
觉得他是在吹牛。

看见我们不相信,高老师说:"如果你们谁能打过我,他可以一年不用做家庭作业!"

我们说:"不公平,你是大人,我们是小孩子。"

高老师说:"这样吧,如果谁能得三分以上,就算赢。"

同学们都安静下来。

过了一会儿,有的同学开始小声说话。

"谁想跟我打赌？来试一试？"

全班同学都举起了手。

Friday

xīng qī wǔ fàng xué yǐ hòu wǒ men lái dào
星期五放学以后,我们来到
xué xiào de tǐ yù guǎn
学校的体育馆。

高老师已经换好了运动服和球鞋,正在等我们。

热完身以后,我们开始和高老师比赛。

wǒ men měi ge rén dōu hěn nǔ lì de dǎ
我们每个人都很努力地打,

可是,羽毛球好像不听我们的话。

结果，没有一个人能得到三分，我们都输了。

其实,没有人赢,也没有人输,因为学生本来就应该做功课的。

但是，从那以后，我们都相信高老师真的很厉害，

再也没有人敢和高老师打赌了。

我的中文老师高老师非常喜欢运动。排球、篮球、羽毛球、乒乓球、网球他都打得很好，连橄榄球、曲棍球和板球他都会。

　　有一天，上中文课的时候，我们学习体育运动这个单元。高老师说："我很喜欢打羽毛球，而且羽毛球打得很好。"他又说："在咱们学校，我羽毛球打得最好，好像没有人能打得过我。"我们都笑了，不相信，觉得他是在吹牛。看见我们不相信，高老师说："如果你们谁能打过我，他可以一年不用做家庭作业！"我们说："不公平，你是大人，我们是小孩子。"高老师说："这样吧，如果谁能得三分以上，就算赢。"同学们都安静下来。过了一会儿，有的同学开始小声说话。"谁想跟我打赌？来试一试？"全班同学都举起了手。

　　星期五放学以后，我们来到学校的体育馆。高老师已经换好了运动服和球鞋，正在等我们。热完身以后，我们开始和高老师比赛。我们每个人都很努力地打，可是，羽毛球好像不听我们的话。结果，没有一个人能得到三分，我们都输了。

　　其实，没有人赢，也没有人输，因为学生本来就应该做功课的。但是，从那以后，我们都相信高老师真的很厉害，再也没有人敢和高老师打赌了。

shēng cí
生词

1.	打赌	dǎ dǔ		bet
2.	排球	pái qiú	n.	volleyball
3.	篮球	lán qiú	n.	basketball
4.	羽毛球	yǔ máo qiú	n.	badminton
5.	乒乓球	pīng pāng qiú	n.	pingpang
6.	网球	wǎng qiú	n.	tennis
7.	橄榄球	gǎn lǎn qiú	n.	football; rugby
8.	曲棍球	qū gùn qiú	n.	hockey
9.	板球	bǎn qiú	n.	cricket
10.	体育	tǐ yù	n.	sport; P.E
11.	吹牛	chuī niú		boast; brag
12.	公平	gōng píng	adj.	fair; equitable
13.	赢	yíng	v.	win
14.	安静	ān jìng	adj.	quiet; peaceful
15.	举手	jǔ shǒu		raise one's hand
16.	热身	rè shēn		warm up
17.	输	shū	v.	be defeated; lose

练习

你觉得老师应该不应该和学生打赌?

如果你和高老师打赌，你会赢还是会输？

试一试

一、填空

1. 高老师喜欢的运动有
   _____、_____、_____、_____。

2. 你喜欢的运动有
   _____、_____、_____、_____。

二、回答下面的问题

1. 你篮球打得怎么样？
   _____

2. 你中文学得怎么样？
   _____

3. 你觉得高老师打羽毛球打得怎么样？
   _____

三、与英文搭配

单元   努力   好像   听话   吹牛
其实   相信   本来   如果   应该
公平   相符   安静   厉害   开始
打赌   换   热身   比赛

original   conform to   very good at something
try hard   obedient   as a matter of fact   should
game   warm up   to change   to bet   begin
believe   brag   fair   as if   if   quiet   unit

后　记

　　这次创作和以往的不同，是一个充满乐趣的过程。很多故事都是笔者在近20年的对外汉语教学中积累的材料，是真实故事。在撰写和编辑中，我回味了过去在不同国家教学的快乐日子。故事中的人和事，常让自己不由自主地大笑起来。

　　让我感到非常幸运的是，在编写、出版这套小书的过程中，我能够和一帮可爱而充满活力的年轻人合作。第一次和邓晓霞编辑见面时，我们谈起适合中小学生的汉语阅读书太少。于是，我们一拍即合，在很短的时间里就完成了这套故事书的构思和创作。可以说，没有晓霞，就不会有这套图书。

　　作为给年幼且汉语程度不高的孩子们写的故事书，插图在某种意义上比文字还要重要，所以我真的很幸运，得到了充满童心、阳光健康的画家徐媛的大力支持。我们在画面风格、内容等方面进行过充满乐趣的讨论，非常默契。

　　这套故事书能够出版，需要很多人的付出。另外一位是我从未见过的、负责排版的张婷婷，我们通过网络联系，现在已经是非常好的朋友。正是因为有这么好的团队，我有了继续写作的动力，相信我们今后的合作会更加愉快。

　　在这套故事书编辑和出版的过程中，我的孩子Justin出世了，让我感到双倍的快乐。

　　在与出版社讨论书名的时候，我们决定把这套书一直出版下去。首先出版的20本，希望能得到广大读者的反馈，以便对后面的故事进行修改。欢迎和我联系：victorbao@gmail.com。

Victor

首期推出以下20本

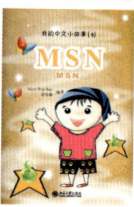

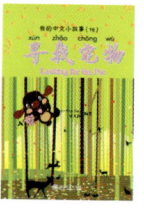

我的中文小故事

1. 小胖
2. 两个轮子上的国家
3. 看病
4. 弟弟的理想
5. 我的中文老师
6. 为什么要考试
7. 奇怪的讨价还价
8. 美国人在北京
9. MSN
10. 中国菜
11. 伦敦的大雾
12. 跟老师打赌
13. 快乐周末
14. 中国书法
15. 两个新同学
16. 母亲节的礼物
17. 没有雪的圣诞节
18. 最早的独自旅行
19. 寻找宠物
20. 学校的运动会

第二辑推出以下20本

我的中文小故事

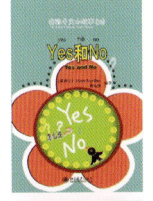

21. 吵架
22. 我的好朋友小鸟
23. 机器人
24. 公园里迷路
25. 国宝熊猫
26. 环保购物袋
27. 旗袍
28. 容易受伤的男人
29. 小甜甜
30. 愚蠢的小偷
31. 打错的电话
32. Yes和No
33. 中国人的称谓
34. 网络视频
35. 快乐是可以传染的吗
36. 生日会
37. 演出
38. 中文课上的时装表演
39. 在北京滑冰
40. 会跳街舞的中文老师

33

From专家

学一种语言，教科书和老师当然很重要，但语言学习学的是技能，而不是知识。学习技能需要不断实践，否则不仅不会熟练，还可能边学边忘。从事汉语教学的教师，几十年前就呼吁编写课外读物，但一直应者寥寥。可喜的是近年来汉语学习课外读物陆续出版了一些，"我的中文小故事"就是这个园地里的一朵新花。这套图文并茂的小故事内容贴近孩子们的日常生活，突出了中国文化特色，并涉及多方面的新鲜事物，相信孩子们会在快乐阅读中，温故知新，中文取得明显的进步。

——刘月华教授，先后任教于卫斯理学院、麻省理工学院、哈佛大学

From一线教师

我把"我的中文小故事"推荐给初学汉语的小朋友后，他们非常高兴。书里的故事贴近孩子们的生活，有些情节他们甚至亲身经历过，所以他们读的时候很兴奋。这套书语言简洁，情节幽默，还有非常贴切的插图。虽是课外阅读材料，但作者十分细心，不但列出了生词，还设计了练习，既能帮助学生复习故事涉及的内容，还能激发他们进一步思考。最值得称道的是，故事中孩子们觉得最搞笑或者最开心的地方，往往是汉语学习中需要注意的重点和难点，这样，孩子们在开怀大笑后就牢牢地记住了这些内容。我会把"我的中文小故事"推荐给更多的孩子，让他们在阅读中学习，在阅读中体验快乐！

——许雅琳，杭州国际学校中文教师

FROM孩子们

My little Chinese Book Series that Mr. Bao created is really fun as we learn new vocabulary with no fear of the language itself. After I read the first 20 books, I am more confident in reading Chinese now, I do enjoy reading Chinese books now.

——Lizzy Brown, from Australia

- 这个故事书的topic很吸引我，插图很好玩儿，很有创意。生词很简单，练习可以让我有想像力。《跟老师打赌》最吸引我。

——Wongi Hong, from Korea

- 我觉得这"我的中文小故事"对刚开始学中文的人很有帮助，不认识的字可以看拼音，还可以看生词表。

——Erica Jin, from Australia

- 故事很短，很快就能看完，是一个minibook。插图很好笑，让我很开心。生词很简单，还有pinyin。Pinyin让故事更简单。我喜欢《小胖》。

——Daniel Zhu, from Canada

- 我觉得故事很容易读，画儿也很好。有不懂的字，看画儿就懂了。

——Khushbu Rupchandani, from India

- "我的中文小故事"很容易看明白，我觉得这套书很有意思，是我学习新词的很好的途径，用这套书学中文很有乐趣，我喜欢"我的中文小故事"！

——Reeza Hanselmann, from Germany and America